女性俳人精華100

句集

夢色の手袋

比嘉安

文學の森

序

比嘉安さんは昭和十二年四月生まれである。即ち第二次世界大戦の終戦近くには既に小学校に入学されている。

その事を考えると、日本の教育に大きな変化のあった時期、その境目を体験されているということになる。小学校低学年では強い印象をもたれてはいないかも知れないが、何かしらの変化に、無関係ではなかったことだろう。そして何よりも、沖縄の教育環境は成長の過程に影響するものが少なかったとは言えないだろう。それは作品を読む上で疎かには出来ないことである。

比嘉さんの俳句のはじまりは、平成八年とあるから五十代の終りである。

すでに来し方への思いと同時に行く末への願いをもつ静穏な日々での句作りであったにちがいない。

燈台の光通はす御元日

打ち初めの島太鼓なり結納す

黒豆の艶の膨れよ福沸し

一月の琴に色あり箸を置く

火を祀り水を祀りて初荷かな

丁寧に一畝立てる鍬始め

初桜ワイングラスを高く挙げ

冒頭は新年のめでたさを直ぐなる心で詠む作品であり、そのまま詠みつがれていく。身辺への目が行き届いていることがなにより快い。

だが、年齢の事を置きざりにする事は出来ないのも事実である。それを次の三句は語っている。

花の名のすぐ出ぬあせり薺摘む

立春や冠動脈をつなぎ換へ

胸骨のペースメーカー冴え返る

紅型に千作とあり二月尽

天梅や大神の祝女香を焚く

紫の寄居虫に合ふ御嶽径
唐船の着きし港や花大根
味薄き島の昼餉の初松魚
炮炮に安全祈願五月四日《ユッカヌヒー》
新茶飲む朱塗りの皿にちんすかう
相思樹を抜けて夏蝶句碑に影
基地の島河が流るる涼しさよ
南吹くホワイトビーチに星条旗
刻銘に真水を注ぐ沖縄忌
伊平屋島ニライカナイの夕立ちぬ
夏足袋の干さるる軒や祝女殿内
炎昼や山深く来てキジムナー
秋の波平和の礎の姉の名に

さて沖縄を思い切り表現された句を追えば切りもないが、一句ずつ味読して行くことにする。

先ず紅型の句である。沖縄の伝統の文様染め、その多彩さには誰もが目を止めずにはおれない。それが誰の作品かというのも関心を持つ処であろう。

天梅は琉球列島のいずこにも見られる常緑低木である。祝女（ノロ）とは部落の神事を司る司祭である。何の祈りであろうか香を焚きその神域に入って行くのである。

寄居虫の色は貝殻の色であろうが、御嶽への径であれば殊に心を止めて眺めることであろう。ここは斎場御嶽《せーふぁーうたき》であるとすれば琉球開闢の神話につながる聖地であるが、戦火の悲劇をも語られる場所である。

沖縄と唐（中国）の関係は重要であった。かつて冊封という制度があった。冊封とは中国皇帝から琉球国王が承認され、中国から冊封使が派遣された。冊封使は半年も滞在したのである。それを宴をもって持て成すために古典芸能も生まれたのである。その唐船の着いた港には、今は花大根が生っているというのであろう。

初松魚の句、ちんすこうの句、島独自の味を今も引きついでいるのは誇らしいことでもあろう。

相思樹が咲くと一面に黄金色の花が散り敷き見事な眺めだが、夏蝶がそこを抜け誰やらの句碑にしばし遊ぶのだろう。蝶はその花から生れ出た姿とも読める。

基地問題は沖縄に生まれた比嘉さんには常につき纏う現実であるが、この島の自然が美しいことは事実である。その河の涼しさを当り前のように愛でる比嘉さんである。けれど身近にアメリカが存在し星条旗が翻っていることを確かに捉えている。

ニライカナイとは海の彼方にあると信じられている楽土であり、年ごとにそこから神が訪れて豊穣をもたらすと考えられている。夕立がさっと過ぎるのも沖縄では珍しくない。

祝女の住む館には神事の折に履く夏足袋が干されている。当然の日常の景とも言えるが祝女の家であれば殊更目につくのであろう。

真昼日の幻であろうか、山奥へ入って行くといたずらっぽいキジムナーに出会ったと楽しんでいる。

夏が去っていくと、摩文仁の平和の礎に刻まれている姉上の名に確と対面し秋の波音を聞き、思い出の中にしばしの時を過ごされるのであろう。それは折に触れくり返されるが、あまりにも辛い思いにちがいない。

第二章「鬼餅《むうちい》」の章には比嘉さんの日常が更に色濃く詠まれている。

比嘉さんの社会参加は小学校教師という生涯の仕事により果してこられた。現在は退職されてご主人との穏やかな畑仕事の日々である。

受水の水に始まる春田かな
白砂にまぜて散らすや花の種
春耕や足の滑りに杭の立つ
草萌や掘りたる土の薄き緋に
ミニトマト引き抜かれゐる赤さかな
基地沿ひの畑の大根出来の良し
甘蔗刈りや黙々たりし父の愛

「受水走水《うきんじゅはいんじゅ》」とは稲作発祥の聖地だという。海岸近くにある二つの泉で西側を受水、東側を走水という。比嘉さんは幼い日から知っている処のようであり、こうして森羅万象への祈りの心は揺るがせに出来ないものになっているのであろう。

花の種を沖縄の白砂にまぜて散らしつつ蒔く。土に触れる快さを満喫し、あれこれの工夫をする様子が「春耕や」の句や「草萌や」の句にそして収穫の仕舞に引き抜くミニトマトの鮮やかな赤に表白している。

その揚句、基地沿いの畑でも大根の出来がよいことを得心する。沖縄を代表する甘蔗刈りを詠み、その仕事の苦労は、父の愛に託して詠まれている。

第三章「世果報《ゆがふう》」に入ると時折、沖縄以外を詠まれた作品が出現する。

春トルコイスタンブールひとつ飛び

はしやぎけりサハラ砂漠の蜃気楼

風光るトルコの屋根の赤瓦

貸駱駝手綱古びて髭草

毛越寺浄土の園の雨蛙

ドナウ河波に立ちたる夜の秋気

エジプトやサハラのバスの冬の昼

笹鳴きやトイレ一回一ポンド

マフラーをゆるく結びてピラミッド

旅への思いには解放感がおありの様子でいずれの句も思い切りよく詠まれる傾向にある。

トルコへの旅も春であることが一層弾み心に拍車を掛けたようで「イスタンブールひとつ飛び」と詠まれた。比嘉さん世代ではこの歴史ある世界遺産の都市には一種の憧憬の念もあるのかも知れない。

サハラ砂漠とはアフリカ大陸の北部を占める世界最大の砂漠である。そのとてつもない場での蜃気楼を目にしても「はしやぎけり」と打ち出して一句にされている。

トルコの赤瓦を目にしたのは風光る季節であり、駱駝にも乗られたのであろう。

また、別の機会に訪れたのか、ドナウ河の秋気を身に受けての句。冬のエジプトはどれ程の寒さであるのか、ピラミッドへはマフラーを結んで訪ねられたと、単純明快に、心の在るまま、解放されていかにも旅に心を委ねられている様子である。

それら外国旅行での作品の中に「毛越寺」の句が出てくる。

藤原氏に関わる平泉の平安様式の庭園だが、栄華を極めた果てに浄土を見ているという句であり、雨蛙が象徴的に捉えられている。

前述の海外での句とはまったく異なった句となっているのも俳句の力であろう。

最終章「花甘蔗」に到ると、比嘉さんの句歴は十年から十五年となり、最近の作品ともなってくる。

ここで比嘉さんの作品の印象は、あくまで自然体を貫かれているということである。それは勿論身辺を丁寧に把握された上にである。片寄った悲哀や忿懣、あるいは孤独感などには無縁なのである。人生に於てこれらの思いがないはずはないだろうが、ご自身の中で置換され昇華されているのではなかろうか。それ故に自分を押しつけるような強引な表現は用いられないようだ。それがご自身の存在を強調しない作品となるのではなかろうか。

比嘉さんは広く沖縄を詠まれている。行事や習慣を詠み、歴史も神仏の存在も、季節感も丁寧に掬い上げておられる。見事なまでに自然も描写されているのである。
ここで私が好みとする、それらの作品を挙げさせていただくことにする。

島祝女の銛で呼び込む春の漁
水字貝神を宿して魔を祓ひ
ヤハラヅカサ腰の高さに芒種南風
沖縄忌オオゴマダラの高く羽化
雨募る魚雷二つの九月かな
危惧種あまた二百十日の辺野古海
ゆうどれや台風蜻蛉の目玉剝く
鋳型脱ぐ琉球瓦小鳥来る

わが山河まだ見つくさず甘蔗の花
環礁に白き力点冬立てり
わが島のどこ歩かうかクリスマス
すぐにやむ冷たき雨の玩具館
神々の遊びたまふや冬久高

中でも次の三句

わが山河まだ見つくさず甘蔗の花
わが島のどこ歩かうかクリスマス
神々の遊びたまふや冬久高

何と大らかに夢をみつつ足許を確かに生きておられる比嘉さんであろうか。

神々の遊ぶ島に、これからも日々是好日で耕しの日々を送られることとよろこばしく思えてならない。
最後に句集『夢色の手袋』のご上梓を心からお祝い申し上げたい。

平成二十七年十月

佐藤麻績

目次——夢色の手袋

装丁　三宅政吉

句集　夢色の手袋

平和の礎

平成八年～十二年

燈台の光通はす御元日
打ち初めの島太鼓なり結納す

黒豆の艶の膨れよ福沸し
一月の琴に色あり箸を置く

火を祀り水を祀りて初荷かな

丁寧に一畝立てる鍬始め

花の名のすぐ出ぬあせり薺摘む

初桜ワイングラスを高く挙げ

御願開き瓶酒の香も神のもの

立春や冠動脈をつなぎ換へ

胸骨のペースメーカー冴え返る
春蘭の蕾二つの逆上がり

春駒や腕輪に首輪に瑪瑙玉

還暦の意志の強さや別《わか》れ《り》冷《びい》さ

三味を弾く蓬の芽吹く識名苑

路地楽や梅ひとひらの匂ひ嗅ぐ

紅型に千作とあり二月尽
座布団の絵柄を竹に土《と》帝《てい》君《くん》

天梅や大神の祝女《ノロ》香を焚く

紫の寄居虫に合ふ御《う》嶽《たき》径

行春やかための酒は古酒であり

日の昇る海の平らや白き蝶

唐船の着きし港や花大根

味薄き島の昼餉の初松魚

炮《ポー》炮《ポー》に安全祈願五月四日《ユッカヌヒー》

新茶飲む朱塗りの皿にちんすかう

薫風や飛驒の銘菓の天地割り
薄暑なり履き替へて撮る心電図

相思樹を抜けて夏蝶句碑に影

背に風の火伏せの獅子や新樹光

基地の島河が流るる涼しさよ

南吹くホワイトビーチに星条旗

刻銘に真水を注ぐ沖縄忌
蛍火は黒蝶貝のひかりかな

真つ白きフェリーで届くメロン籠
今まさに大夕焼けや波ころし

伊平屋島ニライカナイの夕立ちぬ

夏潮や島の女の腕太き

夏足袋の干さるる軒や祝女殿内《どうんち》

座布団を藺草に替へて三番座

島は夏サミットのビラ配られて
下校時の羽化せしごとき捕虫網

炎昼や山深く来てキジムナー

七夕や書ききれぬほどに字の多し

秋立つや風が眉間を抜きにけり
アンテナは天に向き置け終戦日

秋の波平和の礎《いしじ》の姉の名に
福木垣続く備瀬崎実を落とす

ひぐらしの坂の途中で立ち止まる

蛭釘の網代天井秋涼し

黒与那の花や遠目の岬雨
琉球翅黒日没色に羽根透かす

秋日さす土帝君殿は赤瓦
ひたすらに別れ蚊払ふ神庭《かみあしやぎ》

秋晴れや記念写真はいつも前
山寺のコーヒー啜り秋の声

青葡萄四方十里の立石寺

秋の燈やゆかしき茶釜の五行棚

えごま咲く比叡の鐘の一つ鳴る

櫨紅葉安産杉に高笑ひ

湖は陽の反射板富士粧ふ
里神楽手首で鳴らす金の鈴

枯御嶽連れ立ちて聞く御案内

冬蝶に先をこされて鳥居抜け

識名苑マイク二本の冬座敷

目瞑れば我も王妃《ウナジヤラ》式部の実

四温晴れ仔猫の青目濃くなりぬ

海上に基地はいらぬと冬虎魚

点滴に速さのありて十二月
セーターを腰にまきたる白さかな

望遠のレンズに土星石蕗の咲く

萩焼きに豚足煮《アシテビチ》盛る忘年会

鬼餅

平成十三年〜十七年

陣内に老女一芸去年今年

正月や宝石のやうな孫のゐて

かまくらの窓はハートや顔を出す
クラークのカレーの列に雪まつり

受水《うきんじゅ》の水に始まる春田かな
白砂にまぜて散らすや花の種

春耕や足の滑りに杭の立つ

草萌や掘りたる土の薄き緋に

春浅き波確かむか鷺一羽

良き知らせの予感のありて桜貝

骨貝の尾骨一本筋通す

孫は皆男なりけり桃の花

ひらめきの耳や雛の生まれたり

啓蟄や「祝賀の舞」の手の揃ふ

大浦のこよなく青しかすみ草
爆音の合間あひまを猫の恋

山原の山次々に笑ひけり

環礁に潮の目ざむ陽炎忌

春愁の波音たてり美容室

円陣に家系図開く清明祭

るりはこべ道に表と裏のあり

焼きたてのパンをちぎりて新樹光

若夏やウィーン少年来て歌ふ

母の日や夫手づくりの烏賊墨汁

池井守けふ日曜か月曜か

遺産なる赤腹井守の砲弾池

ランチには日の丸立ちて復帰の日

青バナナここは昔の滑走路

桐の花明日の予定を確かむる

あやめ咲き丈のそろはぬ瑞巌寺

空蟬や命の穴の虫めがね

佐敷なり泰山木の花に風

百合の風よりぬけてきて百合の里

馬天港の朝の濁りや百合の花

潮流やただ立つてゐて珍穴子

花びらは姫シャコ貝の襞の数

鉢植ゑのハーブに水を沖縄忌
ミニトマト引き抜かれゐる赤さかな

伊集に花白を生みだす朝陽かな

シャワー浴ぶ囃子太鼓の入れかはる

炎帝の御到着なる久高島
黒香を点す殿内や晩夏光

末つ子の負けず嫌ひや花ダチュラ

昼顔のさざ波溜まり知名岬

朝顔の咲かぬ朝なり安保の丘

糸瓜蔓競ひて伸びてネット裏

盆踊り少し離れて人を待つ

蜩の肝《きむ》高《たか》御《う》嶽《たき》手をあはす

点灯の煙感知器終戦日

唐芋の壺に挿さるる雨催ひ

初秋の丸き口あけ甚平鮫

しばらくは武鯛談議の秋句会

秋思なる糶場の角のことひき魚

浸食の穴の深さや秋の声

秋風の空に音もて仏陀の樹
秋風に吹かれて来たるやうな人

秋甘蔗土の深みに不発弾

自決壕音を重ねて落葉踏む

秋暑き基地再編の島の揺れ

青空のアンテナ高く曼珠沙華

秋日傘平和の礎に影うつす

新北風やビタミンに足すコラーゲン

照明は真上と真横小鳥来る

水尾庵梢に秋の仙桃《カニステル》

余生なる夢の津梁《しんりよう》秋の旅

芙蓉咲く議事堂前を午後に過ぐ

須磨寺や紅葉一樹の喜色なる
背伸びする紅葉と同じ手をひろげ

実月桃船の影なき船溜まり

石の椅子石の机に秋の蝶

干小豆手編みの籠に耳二つ
赤い羽根挿してボールを転がせり

海面に光ころがる針千本

一考句碑手を当ててみる小夏の日

さめやらぬ夢に向かひて冬至《とうんじい》雑炊《じゅうしい》

隠し味は小粒黒糖大根煮る

基地沿ひの畑の大根出来の良し

冬帝や島大太鼓に撥重ね

一対の石の獅《シー》子《サー》水仙花

数へ日の赤きリボンで届く蘭

甘蔗《きび》刈りや黙々たりし父の愛
極月の鬼餅《むうちい》盛るなら角盆に

舞ふ足袋の一歩踏み出す昼の句座
足袋を脱ぐまだ流れくる琉球笛

世果報

平成十八年〜二十年

初日の出「かぎやで風」の金扇
指先で弾きて组始めかな

飾海老甲冑の背の腹みせず
料峭や「サッサかりゆし」踊りだす

血圧を測り直して冴え返る

敗れたる鬼の洞穴《ガマ》なり鬼餅晴れ

南中の陽の直進に春立てり

春の冷え刻まれし句は太陽石《てだいし》よ

桃の花去りし月日は透明に

啓蟄や垂直にくる昼の睡魔

啓蟄や声出して読む暗誦句

沖霞む風のやさしき高知の碑

鹿尾菜ゆれ淡き緑の風残る

春雷の波のぶつかる波ころし

風やはき水字貝の目閉ぢしまま
うりずんの海鼠数多の潮溜まり

蛇穴を出て曲り角金物屋
春一番トランペットは定位置に

春暁の基地の教室爆音来

琉球の小銭並べて木の芽風

さりげなく髪にさしたる吹雪花

鶯や声を持たずに遊《あし》び御《う》庭《なぁ》

たんぽぽや美男に髭の土帝君

八重瀬岳火種を返す春の獅子

下萌や白梅壕の風をつれ
桜東風天地の声のハーモニー

春トルコイスタンブールひとつ飛び
はしやぎけりサハラ砂漠の蜃気楼

風光るトルコの屋根の赤瓦

貸駱駝手綱古びて髭草

いぬふぐり貧しきものの胸の晴れ

石垣の差し障りなし島菫

鳥交る大石獅子のふたまはり
春の宵竈の製図の朱の濃かり

光もつ石に蛙や嘉手志川
毛越寺浄土の園の雨蛙

勢理城や鉄砲百合の花芽茂る
靴下の穴に立夏の風通す

聖五月星飛びたりと便りせむ
風待ちの尾鰭絡まる鯉幟

夏浅し気管広ぐるパッチ貼る

紫陽花や時計見るにも眼鏡かけ

樹も草も静かに名札梅雨ぐもり

阿檀にも棘無き葉ありかたつむり

さはふじのソフトカラーや母語る

平和の鐘二つ鳴らして夏帽子

アセロラの取れぬ高さに実りけり

七月のひよんの笛吹く遙拝所

軍配昼顔うつつに匂ふ神の水

炎天に声忘れしか鳩番ひ

藻屑蟹予想進路をはづれたり

蟻急ぐ鬼餅の里降下井戸《チンガー》

蒲葵涼しおもろの神の棲む所
シャコ貝の斑模様や海野市

炎天やアンガマの面二番座に
蚊連草軒に吊してユンタ舞ふ

沢藤の手帳にはさむ保険証

昼寝覚めまだ飛行機にゆれてをり

夏城址白き香炉の灰溢る

燈台の赤き獅子鶫の来る

うけ口の真顔に虎魚の生け簀なり

黒星饅頭鯛秋の談議の中心に

舞の手を合はせて返す涼新た

新涼や王の娘の産湯跡

今朝の秋人形の見し夢は何
卓上の次郎の壺や薄二本

世果報《ゆがふう》呼ぶ水鶏の里のしぬぐ祭

草まとふ祭一日の男神

蔓穂咲く知名岬燈台二度尋ぬ

一考句碑寄りて秋暑の曲り坂

打たれても珊瑚樹は実を朱の眩し

青切り蜜柑ぽつと日当たる三重城

ひぐらしや海に向きしは誰の墓

蜩の基地は嫌ひと声嗄らす

雲割りて音の降り来る秋の基地

稲妻に古酒の眠れり壕の跡

日延べなる張り紙のあり祭り綱

桴挙げてエイサー太鼓や敬老日

ドナウ河波に立ちたる夜の秋気
真っ白く秋桜ゆれてマリア像

波に音己に音や枯れ葉踏む

玉陵《ようどれ》は駕籠型なりて実むらさき

基地内のようどれを訪ふ十二月

珊瑚石垣冬アルプスのごと立てり

エジプトやサハラのバスの冬の昼

笹鳴きやトイレ一回一ポンド

マフラーをゆるく結びてピラミッド
若者の声のまろみや聖誕祭

小春日や金の香炉の祝女の杜

白山木空気汚さぬやうな赤

夢色の手袋に五指分かちけり

花甘蔗

平成二十一年〜二十五年

点滴の針さしたまま去年今年

大初日父のシーソー地に着きて

初夢はハブのうねりの基地の島

七瀧や手がひらひらと寒明くる

寒明けや躓く齢の根無し雲

春駒を踊つてみようか大旦に

水雲船かすかに揺れて神の島

島祝女の銛で呼び込む春の漁

水字貝神を宿して魔を祓ひ

潮を蹴り潮に流るる腰高海胆

二《にん》月《がち》風《かじ》廻り《まぁい》女神男神の風の神

上《かみ》歌《か》頭《とう》緋寒桜の七分咲き

すみれ咲く神位の高き伊波城址

城跡や漂ふごとき島の蝶

赤賓頭盧赤芽柏の芽の群る

茅花咲く門開け放つ闘牛場

うるま市や花月桃の坂くだり
サングラスかけて拝所を二つ三つ

空蟬の階段登り王の墓

涼しさや王の棺の阿弥陀様

晴天や蓮の花心に陽の走る

波布水母花嫁衣装のごとき白

ヤハラヅカサ腰の高さに芒種南風

浜鯛の皿をはみ出す尾鰭伸ぶ

生け捕りは青海亀や沖縄忌
沖縄忌バールで抜けぬ釘のあり

沖縄忌オオゴマダラの高く羽化

誰が置きし洞穴に折り鶴夏の蝶

七十年は死者に短し立葵

白桃に赤きリボンの誕生日

一杯のめざめの水の熱中症

万緑の中に解きたる介護膳

地軸向く榕樹の気根炎天下

三味線の嘆きの調べ敗戦忌

雨募る魚雷二つの九月かな

平実檸檬絞りて海馬活気づく

渡来神祀る世之主秋の波

豊の秋国栄願ふ旗頭

危惧種あまた二百十日の辺野古海

高安や龕の御輿のガンゴー祭

谷川に爪先立てり赤蜻蛉

ゆうどれや台風蜻蛉の目玉剝く

鋳型脱ぐ琉球瓦小鳥来る

天高き野にオスプレイ着地かな

聖堂の扉開くたび秋雨かな
わが山河まだ見つくさず甘蔗の花

フェニックスの葉を波だたせ冬に入る

環礁に白き力点冬立てり

十一月金剛如来の笑み浮かぶ

晴天の冬日のひかり日秀洞

親川の由来拝聴小六月

くるはずのなき知らせ待つちやんちやんこ

わが島のどこ歩かうかクリスマス

すぐにやむ冷たき雨の玩具館

常よりも花持たぬ甘蔗刈り始む

ごほうらの門くぐり抜け風冴ゆる

神々の遊びたまふや冬久高
島大根海に鼓動のあるごとし

句集　夢色の手袋　畢

あとがき

私の俳句との出会いは、三浦加代子先生のお誘いを受けた時です。当時より三浦加代子先生が「人」に所属していたこともあり、進藤一考主宰や遠藤寛太郎先生、佐藤麻績先生の御指導も受けることができました。実際は句会雑誌「バンシルー」への発表が主でした。

「バンシルー」は「人」会員や高校生の俳句を掲載していましたが、そのメンバーとして末席に参加しました。井波未来さんやたくさんの仲間がいました。進藤一考主宰が亡くなられた後は「ウエーブ」に変わりました。

その時は、もし自分に適していなければやめれば良いと軽い気持ちでしたが、俳句の基礎を習い、吟行会に参加していくうちに俳句に惹きつけられていきました。これは何よりも三浦加代子先生の適切な指導があったからだと思います。

吟行会では県内外の名所旧跡を通して歴史や古来の文化などを掘り下げて知ることができました。せまい沖縄にも沢山の名所旧跡が有ることも知りました。また句友の皆様には人生観や日常生活の楽しみなど沢山のヒントを与えていただきました。

俳句を学んでいると自然を深く観察したり、表現の仕方や語彙を磨いたり、奥深いものがあり生活が豊かになります。今日まで俳句を勉強した人生の歩みの大事な部分を記念して句集を発行することにしました。三浦加代子先生には御多忙中のところ選句と『夢色の手袋』という句集名をいただき心より御礼申しあげます。

「人」主宰佐藤麻績先生には身に余る序文をいただき深く感謝申しあげます。

最後になりましたが、バンシルー句会をはじめ、水脈の会、ウエーブ句会、「人」沖縄支社句会に参加し、自然に触れ楽しく過ごすことが出来ました。皆様との切磋琢磨が俳句の醍醐味です。

句集出版にあたりまして、佐藤麻績主宰をはじめ三浦加代子先生、さらに沖縄県俳句協会、俳人協会、「人」、「ウエーブ」の皆様に改めて感謝申しあげます。

平成二十八年一月吉日

比嘉　安

比嘉　安（ひが・やす）　本名　安子（やすこ）

昭和十二年四月六日　沖縄県南城市玉城仲村渠に生れる
平成　八　年　「人」入会
平成十三年　「ウエーブ」入会
平成十七年　「人」合鳴鐘同人

俳人協会会員、沖縄県俳句協会会員

現住所　〒九〇一－一三〇三
　　　　沖縄県島尻郡与那原町字与那原三六〇九
電　話　〇九八－九四五－五六九七

句集　夢色の手袋　ゆめいろのてぶくろ
女性俳人精華100　第7期第1巻
発　行　平成二十八年五月八日
著　者　比嘉　安
発行者　大山基利
発行所　株式会社 文學の森
〒一六九-〇〇七五
東京都新宿区高田馬場二-一-二　田島ビル八階
tel 03-5292-9188　fax 03-5292-9199
e-mail mori@bungak.com
ホームページ　http://www.bungak.com
印刷・製本　竹田　登

ISBN978-4-86173-945-3　C0092